안나와 할아버지와 눈보라

SEOUL, 2009

마리에게
　　　-C. S.

안나와 할아버지와 눈보라

초판 제1쇄 발행일 2009년 11월 25일
초판 제34쇄 발행일 2022년 3월 20일
글 카를라 스티븐스 그림 마고 톰스 옮김 햇살과나무꾼
발행인 박헌용, 윤호권 발행처 (주)시공사
주소 서울시 성동구 상원1길 22, 6-8층 (우편번호 04779)
대표전화 02-3486-6877 팩스(주문) 02-585-1247
홈페이지 www.sigongsa.com/www.sigongjunior.com

옮김 ⓒ 햇살과나무꾼, 2009

ISBN 978-89-527-8684-5 74840
ISBN 978-89-527-5579-7 (세트)

*시공사는 시공간을 넘는 무한한 콘텐츠 세상을 만듭니다.
*시공사는 더 나은 내일을 함께 만들 여러분의 소중한 의견을 기다립니다.
*잘못 만들어진 책은 구입하신 곳에서 바꾸어 드립니다.

KC마크는 이 제품이 공통안전기준에 적합하였음을 의미합니다.
제조국 : 대한민국 사용 연령 : 8세 이상
책장에 손이 베이지 않게, 모서리에 다치지 않게 주의하세요.

안나와 할아버지와 눈보라

카를라 스티븐스 글
마고 톰스 그림
햇살과나무꾼 옮김

시공주니어

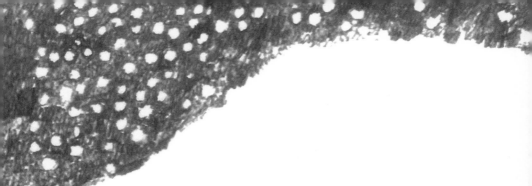

차 례

도시에 온 할아버지

안나는 부엌 식탁에 앉아 받아쓰기 연습을 하고
있었어요. 하지만 도무지 계속할 수가 없었지요.
할아버지가 또 투덜거리고 있었거든요.

"집에 가고 싶구나."

아빠가 대꾸했어요.

"이제 겨우 사흘 계셨잖아요. 다음 토요일에
모셔다 드릴게요."

"그렇게 오래 어떻게 기다리나."

엄마가 굳은 얼굴로 할아버지를 쳐다보았어요.

8

"아버지, 제발. 다음번에는 저희가 오시라고 해도 싫다고 하세요. 하지만 이번에는 아버지가 좋다고 하셨잖아요. 그래서 오셨고요."

할아버지는 얼굴을 찌푸렸어요.

"도시에서는 할 일이 없단 말이야. 비 오는 날에는 더더욱 그렇고."

토니가 물었어요.

"할아버지, 우리가 싫어요?"

할아버지는 어린 손자를 내려다보았어요.

"너희가 싫긴 왜 싫어. 할아버지는 그저 닭장 속의 닭처럼 갇혀 있는 걸 못 견디는 거야."

안나는 의자를 밀고 일어났어요. 할아버지가 자꾸 투덜거리고 안절부절못하는데 어떻게 받아쓰기 연습을 하겠어요? 안나는 거실로 가서 창밖으로 15번가 거리를 내다보았어요. 오늘처럼 스산한 일요일에는 가스등에서 나오는 둥그런 불빛도

흐릿하기만 했어요.

할아버지가 다가와 안나 뒤에 섰어요. 그러고는
나직이 말했어요.

"벌써 우유 짤 시간이네. 시골이 이렇게 그리울
줄이야."

안나는 문득 할아버지가 안쓰러웠어요. 하지만
할아버지는 곧 다시 툴툴거렸지요.

"도대체 이런 도시에서 어떻게 사는지, 원."

한참 뒤 안나가 잠자리에 들자 엄마가 잘 자라고
뽀뽀를 해 주러 왔어요.

안나가 소곤거렸어요.

"할아버지는 너무 투덜거려."

엄마가 말했어요.

"그러게 말이다. 할아버지 생각해서 오시라고 한
건데. 할머니도 돌아가시고 안 계시니, 기분 좀
바꾸시라고 말이야."

"할아버지는 예의가 없어."

엄마는 싱긋 웃었어요.

"할아버지는 그냥 생각나는 대로 말하시는 거야."

안나는 한숨을 폭 쉬었어요.

"그래도 우리 집을 좀 좋아했으면 좋겠어."

"네가 좀 편하게 해 드려, 안나. 할아버지는 나이가 많으시잖니."

"알겠어요, 엄마."

"이제 자야지."

엄마는 안나의 이마에 뽀뽀했어요. 그러고는 조용히 문을 닫고 나갔지요.

안나는 어떻게 하면 할아버지가 좀 더 편하게 지내실까 생각했어요. 토니랑 같이 할아버지를 모시고 워싱턴 광장 공원으로 산책을 갈 수도 있겠지요. 할아버지한테 아치문 옆에 있는 커다란 떡갈나무 속의 회색 다람쥐 둥지도 보여 드리고,

벌써부터 분수가에 피어 있는 수선화도 보여 드리는
거예요.

안나는 진눈깨비가 지붕창을 툭툭 두드리는
소리를 들었어요.

'아, 내일은 날씨가 좋아야 할 텐데.'

안나는 그렇게 생각하며 스르르 잠들었어요.

눈 내린 아침

　잠에서 깼을 때, 안나는 아직도 밤인 줄 알았어요.
창문으로 빛이 하나도 들어오지 않았거든요. 안나가
옆으로 돌아눕자 문 너머로 부엌이 보였어요.
토니가 식탁에 앉아 귀리죽을 먹고 있었어요.
할아버지는 커다란 난로에 석탄을 한 양동이 붓고
있었고요.

　안나는 벌떡 일어나 부엌으로 달려가 옷을
입었어요. 거실에 있던 엄마가 부엌으로
들어왔어요.

안나가 따뜻한 난롯불에 손을 쬐며 물었어요.

"지금 몇 시야, 엄마?"

"일곱 시 반쯤 됐어. 창밖이 어떤지 좀 보렴."

안나는 창밖을 내다보았어요. 눈이 너무 많이
내리고 있어서 길 건너 집조차 잘 보이지 않았어요.

할아버지가 말했어요.

"금방 그칠 테니 걱정 마라. 지금은 삼월
중순이잖아."

엄마는 따끈한 귀리죽을 안나 앞에다 놓아
주었어요.

"오늘은 학교 가지 말고 집에 있어야겠다."

"안 돼, 엄마. 오늘이 받아쓰기 대회 마지막

날이란 말이야. 일등 하면 시 대회에 나가는걸."

그러자 엄마가 한숨을 쉬었어요.

"아빠가 있으면 데려다 줄 텐데."

안나가 물었어요.

"아빠 어디 갔는데?"

"아침 일찍 새 마구(말을 부리는 데 쓰는 기구 : 옮긴이)를 가지고 할렘에 있는 전차 역으로 가셨어."

할아버지가 말했어요.

"내가 가면 되잖아. 내가 데려다 주면 되지. 가는 김에 크누드슨 씨네 가게에 들러서 담배도 좀 사고."

안나가 말했어요.

"그냥 혼자 걸어갈래요. 늘 하던 대로요."

그러자 할아버지가 쓸쓸한 표정을 떠올렸어요.

"늙으면 재미가 없다니까."

할아버지는 고개를 설레설레 저었어요.

"그저 다들 내가 아무것도 못하는 줄 알지."

안나가 허겁지겁 말했어요.

"그런 거 아니에요, 할아버지."

엄마도 말했어요.

"눈이 너무 많이 오잖아요, 아버지."

할아버지가 대꾸했어요.

"눈 오는 거 처음 보는 줄 아냐? 안나는 학교에 가고, 난 안나를 데려다 줄 거다. 그런 줄 알아!"

"알았어요, 알았어. 같이 가세요."

엄마가 이번에는 안나에게 말했어요.

"그럼, 고가 기차(땅 위에 높이 지은 선로로 다니는 기차 : 옮긴이)를 타고 가, 안나. 그럼 훨씬 덜 걸어도 되니까."

할아버지는 외투를 입고 귀마개가 달린 모자를 쓰고 커다란 덧신을 신었어요.

엄마가 덧붙였어요.

"학교 문이 닫혀 있으면 곧장 돌아와."

"알았어. 학교 다녀오겠습니다. 갔다 올게, 토니."

할아버지가 신이 나서 말했어요.

"가자, 안나. 이 도시에 눈이 내리면 어떤지 구경 좀 하자꾸나!"

할아버지와 밖으로

현관 계단에 내려서자마자 안나는 이번 눈이 뭔가
다르다는 것을 깨달았어요. 눈이 위에서 아래로
내리고 있지 않았어요. 옆으로 휘날리며 뾰족한
바늘처럼 안나의 얼굴을 찔러 댔지요. 안나는
목도리를 콧등까지 끌어 올렸어요.
　안나와 할아버지는 터벅터벅 걸어갔어요.
브로드웨이 거리를 가로질러 유니언 광장을 지나는
동안, 바람이 두 사람을 에워싸고 빙빙 돌며 눈을
휘날렸어요. 소방서 앞에 이르자, 한 소방관이

마구간 문 앞에 쌓인 눈을 삽으로 치우고 있었어요.

할아버지가 쾌활하게 말했어요.

"안녕하시오! 이맘때치곤 눈보라가 굉장하구먼!"

소방관 아저씨가 대답했어요.

"저희도 깜짝 놀랐답니다. 그런데 이런 날씨에
어디 가세요?"

"학교에 간다오. 우리 손녀 안나가 오늘 받아쓰기
대회에 나가거든."

소방관 아저씨가 말했어요.

"시험 잘 봐라, 꼬마야."

안나는 목도리를 내리고 "고맙습니다." 하고
말했어요. 하지만 쑥스러웠어요. 할아버지가 모르는
사람한테 자기 이야기를 하는 게 싫었거든요.

마침내 안나와 할아버지는 15번가와 3번가가
만나는 모퉁이에 이르렀어요. 할아버지는 크누드슨
씨네 담배 가게의 문손잡이를 돌렸어요. 하지만

문이 열리지 않았어요.

안나는 벙어리장갑을 낀 손으로 창문을 닦고 안을
들여다보았어요. 가게 안이 깜깜했어요.

할아버지가 툴툴거렸어요.

"뭐 이런 가게가 다 있어? 문도 안 열어 놓다니!"

"할아버지, 눈이 많이 오잖아요."

"애야, 눈 좀 온다고 세상이 멈춘다더냐?"

할아버지는 부루퉁하게 안나를 바라보았지요.

시간이 지날수록 점점 더 추워지는 것 같았어요.
눈이 바람에 날려 북쪽 거리에 쌓이고 있었어요.
3번가를 지나다니는 사람은 거의 없었어요.

안나가 말했어요.

"그냥 집에 가요, 할아버지. 받아쓰기 대회는
안 나가도 돼요."

"무슨 소리냐, 안나! 할아버지가 학교까지 데려다
준다니까."

"하지만 할아버지, 바람이 너무 세서 걷지도
못하겠어요."

안나는 무섭지 않은 척하려고 애썼어요.

"안 걸어도 돼. 엄마 말대로 할 거니까. 고가

기차를 타자꾸나."

　안나는 위를 올려다보았어요. 눈이 어찌나
쏟아지는지 머리 위의 3번가 기찻길이 잘 보이지도
않았답니다.

3번가 고가 철도

안나는 할아버지를 따라 긴 계단을 올라가 14번가
역에 이르렀어요. 하지만 표를 파는 사람이 없어서
개찰구 밑으로 엉금엉금 기어가 승강장으로 갔어요.
그러고는 계단 쪽에 붙어 서서 바람을 피했지요.
도시 밖으로 가는 기차를 기다리는 사람은 딱 한
사람밖에 없었어요.

안나는 할아버지의 발그레해진 뺨을 빤히
쳐다보았어요. 할아버지의 콧수염과 눈썹은 눈이
달라붙어 꽁꽁 얼어 있었어요. 마치 작은 빙산

같았지요.

할아버지가 소리쳤어요.

"기차가 온다!"

증기 기관차가 초록색 객차 두 대를 끌고 연기를 폭폭 뿜으며 다가왔어요. 기차가 멈추자 안나와 할아버지는 허둥지둥 승강장을 가로질러 기차 안으로 들어갔어요. 안에는 빈자리가 많았어요. 안나와 할아버지는 덩치 큰 아주머니 뒤에 앉았어요. 아주머니는 혼자서 앞자리를 거의 다 차지하고 있었지요.

안나는 모자를 벗었어요. 털모자에 달린 방울이 커다란 눈 뭉치처럼 보였어요. 모자를 털자 젖은 눈이 바닥으로 후두두 떨어졌어요.

차장 아저씨가 통로로 다가와 안나와 할아버지 자리에서 멈추었어요.

할아버지가 말했어요.

"역에 표 파는 사람이 없었소."
차장 아저씨가 말했어요.
"한 사람 앞에 오 센트씩입니다."
할아버지가 눈을 반짝였어요.

"이 아이 것도 내란 말이오?"

안나가 할아버지의 팔을 당기며 소곤거렸어요.

"할아버지, 나 이제 곧 여덟 살이 되는걸요."

할아버지와 차장 아저씨는 껄껄 웃음을
터뜨렸어요. 안나는 놀림 받는 게 싫었어요. 그래서
고개를 돌리고 밖을 내다보려 했지만, 창문은 온통
눈으로 뒤덮여 있었어요.

할아버지가 몸을 앞으로 내밀고 맞은편에
앉아 있는 아주머니에게 말했어요.

"눈보라가 엄청나군요. 1872년만큼은 아니지만.
그때는 어찌나 춥던지 연기가 굴뚝에서 나오자마자
얼어붙었다니까요!"

안나는 '또 저러시네.' 하고 생각했어요.
할아버지는 왜 자꾸 모르는 사람한테 말을 걸까요?

맞은편에는 바구니를 든 아주머니가 앉아
있었어요. 아주머니도 몸을 앞으로 내밀고

말했어요.

"어릴 때 폴란드에 살았었는데, 겨울 내내 이렇게 눈이 왔어요."

앞자리에 앉은 아주머니가 뒤돌아보았어요.

"금방 그치겠지요. 춘분(낮과 밤의 길이가 같아지는 양력 3월 21일 무렵 : 옮긴이)이 보름도 안 남았잖아요."

할아버지가 말했어요.

"나도 오늘 아침에 우리 딸한테 그렇게 말해 줬다오!"

할아버지는 갈수록 기분이 좋아지는 것 같았지요.

그런데 갑자기 기차가 덜컹 멈추었어요.

폴란드에서 온 아주머니가 물었어요.

"무슨 일이지? 차장 아저씨, 기차가 왜 멈춘 거죠?"

차장 아저씨는 대답이 없었어요. 아저씨는 문을 열고 밖으로 나갔어요. 안에 있는 사람들은 모두 입을 다물었어요.

이윽고 할아버지가 자리에서 일어났어요.

"무슨 일인지 알아보리다."

안나는 할아버지의 소맷자락을 잡아당겼어요.
"아, 할아버지, 제발 앉으세요."
할아버지는 안나가 얼마나 무서워하는지 모르는
것 같았어요. 그냥 집에 있었더라면 얼마나
좋았을까요!
곧 문이 다시 열리고 차장 아저씨가 들어왔어요.
아저씨 몸에는 눈이 잔뜩 묻어 있었지요.

"꼼짝없이 갇혔어요. 기관차가 움직이지를
않습니다. 기찻길에 눈이 너무 많이 쌓였거든요.
사람들이 도와주러 올 때까지 여기서 기다려야
합니다."

할아버지는 엉덩이를 크게 들썩였어요.

"들었니, 안나? 우리가 갇혔대! 3번가 고가
철도에 갇혀서 오도 가도 못한단다! 어쩌면
좋으냐!"

기차에 갇히다

안나는 갇혔다는 말을 듣자 더욱 겁이 났어요.

"엄마가 무지무지 걱정할 거예요. 우리가 어디 있는지도 모르잖아요."

그러자 할아버지가 힘차게 말했어요.

"나랑 같이 있다는 건 알잖니. 그것만 알면 돼."

그러고는 다시 몸을 앞으로 내밀고 말했어요.

"서로 인사나 나눕시다. 내 이름은 에릭 젠슨이고, 이 아이는 손녀 안나라오."

앞자리에 앉은 아주머니가 돌아보며 말했어요.

"조지 스위니예요. 만나서 반가워요."

맞은편에 앉은 아주머니도 인사했어요.

"안녕하세요. 저는 에스터 폴란스키예요. 이쪽은
제 친구 루스 코헨이고요."

누군가 안나의 어깨를 톡톡 쳤어요. 안나는 뒤를
돌아보았어요. 젊은 아저씨 두 사람이 빙그레 웃고
있었지요.

한 아저씨가 말했어요.

"나는 존 킹, 이쪽은 내 동생 브루스 킹이란다."

기차 뒤쪽에는 털목도리를 두르고 큰 모자를 쓴 젊은 아가씨가 혼자 앉아 있었어요.

안나는 아가씨를 보며 수줍게 말했어요.

"제 이름은 안나 로마노예요."

그러자 젊은 아가씨가 대답했어요.

"난 애디 비버야."

그러고는 빙그레 웃으며 외투를 좀 더 단단히 여몄어요.

기차 안은 점점 더 추워졌어요. 차장 아저씨가 옷에 묻은 눈을 털어 냈지만, 바닥에 떨어진 눈이 녹지 않았지요.

스위니 아주머니가 끙 신음 소리를 냈어요.

"여기 있다가는 몽땅 얼어 죽겠어요."

비버 양이 말했어요.

"어휴, 저는 발이 너무 시려요."

안나는 비버 양이 발목까지 오는 단추 달린 구두를 신고 있는 모습을 보고 안됐다고 생각했어요. 안나는 따뜻한 장화를 신고 있는데도 발가락이 시렸거든요. 안나는 통로에 서서 발을 동동 굴렀어요.

문득 안나는 좋은 생각이 떠올랐어요.

"할아버지! 내가 아는 놀이를 하면, 몸이 따뜻해질지도 몰라요."

할아버지가 말했어요.

"아유, 정말 좋은 생각이구나, 안나."

"'사이먼이 말해요.' 라는 놀이예요."

할아버지가 소리쳤어요.

"모두 들어 보구려! 우리 손녀 안나가 몸이
따뜻해지는 놀이를 알고 있대요."

폴란스키 아주머니가 물었어요.

"어떻게 하는 건데, 안나? 얘기해 봐."

"모두 일어나야 해요."

안나가 말하자 할아버지가 말했어요.

"자, 다들 일어나구려. 얼어 죽기 싫으면
움직여야지."

비버 양이 맨 먼저 일어났어요. 존 아저씨와
브루스 아저씨도 금방 일어났고요. 그러자
할아버지가 스위니 아주머니한테 깍듯이 절을
하더니 폴란스키 아주머니와 코헨 아주머니한테도
절을 했어요. 그러고는 이렇게 물었어요.

"여기 숙녀분들, 제가 좀 도와 드릴까요?"

아주머니들은 킥킥대며 일어섰어요. 이제 모두가
안나를 바라보았지요.

안나가 말했어요.

"좋아요. 모두들 '사이먼'이 하라고 하는 것만
해야 돼요. '내'가 하라는 건 하면 안 되고요."

"무슨 말인지 모르겠네."

스위니 아주머니가 말하자 할아버지가 말했어요.

"하다 보면 알게 되겠지요."

안나가 말했어요.

"좋아요. 시작할게요. 사이먼이 말해요, '손뼉을
쳐요.'"

모두 손뼉을 쳤어요.

"사이먼이 말해요, '그만!'"

모두 멈추었어요.

안나가 말했어요.

"잘했어요. 사이먼이 말해요, '따라와요!'"

안나는 기차 통로를 척척 걸어가 기둥 하나를 돌고 제자리로 돌아왔어요. 다른 사람들도 안나를 따라 했어요.

"사이먼이 말해요, '그만!'"

모두 멈추었어요.

이제 안나는 머리를 톡톡 치면서 배를 쓱쓱 문질렀어요.

"사이먼이 말해요, '머리를 톡톡 치면서 배를 쓱쓱 문질러요.' 이렇게요."

그러자 모두 서로를 보며 깔깔 웃었어요.

"사이먼이 말해요, '팔을 빙빙 돌려요.'"

스위니 아주머니가 숨을 헐떡였어요.

"아이고, 힘들어라!"

"이제, 발끝에 손을 대세요."

스위니 아주머니가 허리를 숙이고 발끝에 손을

ED RAUB

대려고 했어요.

"앗! 틀렸어요, 스위니 아주머니!"

안나가 말하자 아주머니가 발끈하며 물었어요.

"내가 왜 틀렸어?"

안나는 킥킥 웃었어요.

"왜냐하면 '사이먼'이 발끝에 손을 대라고 하지 않았거든요. 그건 '내'가 말했잖아요!"

스위니 아주머니는 자리에 털썩 주저앉았어요. 그러고는 헉헉대며 말했지요.

"차라리 잘됐어. 힘들어 죽겠네."

할아버지가 물었어요.

"다들 몸이 따뜻해졌소?"

모두들 "네! 네!" 하고 소리쳤어요.

창문 틈으로 밀가루 같은 눈이 솔솔 새어 들고

있었어요. 바로 그때, 문이 열리며 얼음처럼 찬

바람이 기차 안으로 확 들이쳤어요. 모두들 몸을

부르르 떨었어요. 차장 아저씨가 다시 들어온

거예요.

아저씨가 말했어요.

"이제 나갈 준비하세요. 소방관들이 오고

있습니다!"

소방관 출동

　사람들은 문으로 우르르 달려가 밖을
내다보았어요. 눈발이 안나의 눈을 찔렀어요.
안나는 바람 때문에 숨도 제대로 쉴 수 없었어요.
　차장 아저씨가 재빨리 문을 닫았어요.
　"바람이 너무 거세서 사다리를 이렇게 높이
올리기 힘들 텐데. 3번가에서 족히 9미터는 될
거예요."
　사다리라니! 9미터라니! 안나는 몸이 부르르
떨렸어요.

스위니 아주머니가 끙 소리를 냈어요.

"오, 하느님, 도와주세요. 사다리는 절대로 못
타요."

아주머니는 애처로운 눈빛으로 할아버지를
쳐다보았어요.

할아버지가 말했어요.

"아, 할 수 있을 거요, 스위니 부인. 하다 보면
쉬워져요."

스위니 아주머니가 말했어요.

"이런 바람 속에서요? 절대 못해요!"

"걱정 말아요, 스위니 부인. 절대로 바람에 날려
가진 않을 테니까."

안나가 할아버지를 보며 말했어요.

"나도 무서워요."

폴란스키 아주머니가 말했어요.

"나는 어떻고요? 높은 곳에서는 견딜 수가 없단

말예요."

곧 문이 열리고 한 소방관이 나타났어요. 소방관
아저씨가 옷에 묻은 눈을 털며 말했어요.

"한 번에 한 사람씩 내려갈 겁니다. 누가 먼저
가시겠습니까?"

아무도 입을 열지 않자, 할아버지가 말했어요.

"안나, 너는 용감하지. 그러니 먼저 내려가거라."

"무서워서 못 내려가겠어요, 할아버지."

"아니, 무슨 소리냐, 안나. 지난여름에 헛간
다락에서 내려왔던 거, 기억 안 나? 식은 죽
먹기였잖아."

코헨 아주머니가 말했어요.

"할 수 있어, 안나."

스위니 아주머니도 거들었어요.

"지금도 그 놀이를 하고 있다고 생각하렴.
사이먼이 말해요, '사다리를 타고 내려가요.'"

코헨 아주머니가 말했어요.

"그래, 어서 가. 밑에서 보자."

소방관 아저씨가 말했어요.

"아저씨가 네 바로 밑에서 바람을 막아 줄 거야.
떨어지지 않을 거다."

안나는 무서워서 몸이 덜덜 떨렸어요. 안나는 맨
먼저 내려가고 싶지 않았어요. 하지만 사람들을

실망시킬 수는 없잖아요?

할아버지가 문을 열었어요. 차장 아저씨가 안나의
손을 꼭 잡아 주었어요. 안나는 사다리에 한 발을

올리고, 또 한 발을 올렸어요. 세찬 바람에 몸이
이리저리 떠밀렸어요. 옷에는 얼음처럼 차가운 눈이
묵직하게 들러붙었고요.

소방관 아저씨가 안나 바로 밑에 있었어요.
아저씨는 억센 팔로 안나의 몸을 두르고 꽉 잡아
주었어요. 안나는 왼발로 사다리 아랫단을
더듬었어요.

한 발 한 발, 안나는 조심조심 사다리를
내려갔어요. 벌써 서른 발째예요. 대체 언제쯤
바닥에 닿는 걸까요? 이윽고 한 발이 눈 속에 푹
빠지더니, 또 한 발도 눈 속에 쑥 들어갔어요. 우아,
이렇게 눈이 많이 쌓이다니! 눈이 안나의 다리를
지나 거의 허리까지 찼지요.

소방관 아저씨가 말했어요.

"사람들이 내려올 동안 소방 마차 옆에 가
있거라."

51

안나는 깊이 쌓인 눈을 헤치고 소방 마차로
갔어요. 말들이 머리를 낮춘 채 얼음처럼 차가운
눈보라를 맞으며 꼼짝 않고 서 있었어요. 안나는
소방 마차에 몸을 기대고 가만히 웅크렸어요.
윙윙거리는 눈보라 소리가 점점 커졌어요.

거세지는 눈보라

먼저 폴란스키 아주머니가 내려오고, 다음으로
코헨 아주머니가 내려왔어요. 그리고 브루스
아저씨와 존 아저씨가 내려왔어요. 다음으로 비버
양이 내려왔고요. 소방관 아저씨가 한 번에
한 사람씩 사다리를 타고 내려가도록 도와주었어요.
이제 할아버지와 스위니 아주머니만 남아 있었어요.

안나는 두 사람이 사다리를 타고 내려오는 모습을
보았어요. 소방관 아저씨가 누군가를 데리고
내려오고 있었어요.

안나가 비버 양에게 말했어요.

"아, 할아버지였으면 좋겠어요."

갑자기 안나는 숨이 탁 막혔어요. 자기 눈을 믿을 수가 없었어요. 방금 전까지 두 사람이 사다리에 있었어요. 하지만 지금은 아무도 없는 거예요!

사람들은 사다리에서 떨어진 사람을 찾으려고 깊은 눈밭을 헤치고 나아갔어요.

안나가 가장 먼저 다가가 옷에 묻은 눈을 털고 있던 소방관 아저씨에게 물었어요.

"어떻게 된 거예요?"

소방관 아저씨가 대답했어요.

"스위니 부인이 발을 헛디뎠어. 그 바람에 나도 같이 떨어졌고."

스위니 아주머니는 가까운 눈밭에 드러누워 있었어요. 팔다리를 쭉 뻗고 있어서 마치 눈 위에 천사 그림을 그리려는 것 같았어요.

“괜찮소, 스위니 부인?”

할아버지가 물었어요. 안나가 못 본 사이에 할아버지가 혼자서 사다리를 타고 내려온 거예요. 이제 할아버지는 안나 옆에 서 있었어요.

“괜찮아요, 젠슨 씨. 눈보라가 그칠 때까지 여기 누워 있을까 봐요.”

할아버지가 말했어요.

“어이구, 안 돼요, 안 돼!”

할아버지와 소방관 아저씨가 스위니 아주머니의 팔을 한쪽씩 잡았어요. 그러고는 아주머니를 일으켜 세워 주었지요.

안나는 자기도 모르게 킥킥 웃음이 나왔어요. 스위니 아주머니가 꼭 커다란 눈사람 같았거든요!

소방관 아저씨가 말했어요.

“소방 마차에 타세요. 어서 소방서로 돌아가야 합니다. 기온이 뚝뚝 떨어지고 있어요.”

폴란스키 아주머니와 코헨 아주머니가 말했어요.
"우리 집은 여기서 두 골목만 가면 돼요. 걸어서
갈게요."

그러자 존 아저씨가 말했어요.

"우리가 모셔다 드리겠습니다. 우리는 라피엣
거리에 살거든요."

아저씨들은 두 숙녀분과 팔짱을 끼고 눈밭을
힘겹게 걸어갔어요.

할아버지가 물었어요.

"비버 양은요?"

비버 양은 망설이는 것 같았어요.

소방관 아저씨가 말했어요.

"이봐요, 지금 놀고 있는 게 아녜요! 어서
갑시다!"

할아버지가 말했어요.

"그럼 우리랑 같이 갑시다, 비버 양. 스위니
부인도요."

안나는 추워서 손가락이 얼얼했어요. 소방 마차의
난간도 제대로 잡을 수 없었지요. 안나가 예전에

보았던 말들은 불이 난 곳으로 쌩쌩 달려가곤
했어요. 하지만 지금은 말들이 몹시 느린 걸음으로
깊이 쌓인 눈밭을 힘겹게 나아가고 있었어요.

아무도 말을 하지 않았어요. 바람만 윙윙
울부짖었지요. 눈 때문에 한 치 앞도 보이지
않았어요. 소방관 한 사람이 마차에서 뛰어내려
말을 앞으로 끌었어요.

안나는 마차 한쪽에 웅크리고 앉아 팔에 얼굴을
묻었어요. 가도 가도 소방서는 나오지 않았어요.

바로 그때, 말들이 왼쪽으로 방향을 홱 틀었어요.
그러더니 마구간으로 쑥 들어가 콧김을 씩씩
내뿜으며 발굽을 탁탁 굴렀지요.

소방관들이 달려 나와 말에서 마차를 풀었어요.
사람들은 옷에 쌓인 차가운 눈을 털어 냈어요.

갑자기 할아버지가 아주 진지해졌어요.

"온도계 눈금이 영하 15도인데, 지금도 계속

떨어지고 있소. 되도록 빨리 집으로 가야 해요.
스위니 부인과 비버 양도 우리랑 같이 가는 게
좋겠소."

소방관 아저씨 하나가 말했어요.

"자, 아가씨, 이 장화 신어요. 눈보라가 그치면
돌려주세요."

비버 양이 말했어요.

"어머나, 고마워요."

안나는 비버 양이 발목까지 오는 구두를 신고
있었다는 사실을 까맣게 잊고 있었지요.

할아버지가 힘주어 말했어요.

"안나, 무슨 일이 있어도 손을 놓으면 안 된다."

스위니 아주머니가 물었어요.

"젠슨 씨, 저도 손을 잡아도 될까요?"

할아버지가 말했어요.

"그럼요. 안나, 넌 비버 양과 손을 잡아라. 어떤

일이 있어도 손을 놓으면 안 돼요. 다들 알겠소?"

안나는 할아버지가 이렇게 말하는 것은 이제껏

한 번도 들어 보지 못했어요. 할아버지도 무서운
걸까요?

네 사람은 눈 속에 푹푹 빠지며 15번가의
남쪽 길을 따라 천천히 나아갔어요. 바람
때문에 북쪽 길에는 눈이 어마어마하게 쌓여
있었지요.
　　네 사람이 브로드웨이 거리에 이르자 바람이
태풍처럼 거세게 몰아쳤어요. 곳곳에 전화선과
전기선이 마구 끊어져 있었어요. 끊어진 선들은

채찍처럼 바람에 휘날렸지요. 안나는 '길을 건널
수만 있다면.' 하고 생각했어요. 그러면 바로 안나네
집이 있는 골목이니까요.

　아무도 말이 없었어요. 네 사람은 서로서로 꼭
붙어서 앞이 보이지 않는 길을 조금씩 나아갔어요.
그러다 스위니 아주머니가 그만 중심을 잃고
눈 속에 푹 고꾸라졌어요. 한순간 안나는
아주머니가 계속 그렇게 있을 것만 같았지요.
하지만 할아버지가 아주머니의 팔을 잡고 일으켜
주었어요.

　네 사람은 쉬지 않고 걸어서 드디어 길을
건넜어요. 이제 안나네 집을 찾아야지요. 안나네
집이 골목 남쪽에 있어서 얼마나 다행인지 몰라요.
북쪽에 있는 집들은 눈이 일 층 창문 높이까지 쌓여
있었거든요. 네 사람은 마침내 44번지에
이르렀어요. 그러고는 일곱 계단을 올라갔어요.

그런 다음 대문을 지나 또다시 계단을 올라갔지요.
잠시 뒤, 안나의 아빠가 현관문을 벌컥 열었어요.
　"아빠, 집에 와 있었네!"
　안나는 큰 소리로 외치며 아빠 품으로
뛰어들었답니다.

마침내 집에!

　몇 시간 뒤, 안나는 부엌에 앉아 체커(바둑판
모양의 판에서 상대방의 말을 따먹는 놀이 : 옮긴이)를
구경하고 있었어요. 스위니 아주머니는 할아버지의
덧옷을 걸치고 할아버지와 체커를 두었고,
비버 양은 안나 엄마의 옷을 입고 엄마랑 도란도란
이야기를 나누었지요. 밖에서는 눈보라가 휘휘
몰아치고 있었어요.
　'받아쓰기 연습은 내일 해도 될 거야.'
　안나는 그렇게 생각했어요. 지금은 사람들이랑

마냥 같이 있고 싶었거든요.

할아버지가 의자를 뒤로 쑥 뺐어요.

"내가 졌소, 스위니 부인. 체커는 어디서 배웠소?"

스위니 아주머니가 말했어요.

"체커 동아리에 들었거든요. 거기서 내가 가장 잘
둔답니다. 화요일마다 모이는데, 다음 화요일에
같이 가실래요?"

할아버지가 대답했어요.

"어이구, 그거 좋지요."

그러자 토니가 말했어요.

"안 돼요, 할아버지. 토요일에 집에 가실
거잖아요."

할아버지가 물었어요.

"누가 그러던?"

"할아버지가요. 기억 안 나세요?"

안나가 말했어요.

"쉿, 토니. 할아버지는 좀 더 계실 거야. 이제 이 도시가 좀 좋아지신 것 같거든."

엄마가 빙그레 웃었어요.

"눈보라가 부니까 마음이 바뀌셨나 보다."

"이게 어디 그냥 눈보라냐?"

할아버지는 그렇게 대꾸하며 안나에게 눈을 찡긋했어요.

"안나, 너도 나만큼 나이가 들어 할머니가 되면 손자들한테 얘기해 주겠지. 우리가 1888년 눈보라 때 겪었던 온갖 모험들을 말이야!"

1888년에 몰아친 엄청난 눈보라

1888년 미국에서는 실제로 심한 눈보라가
몰아쳤어요. 3월 12일 월요일 이른 아침부터 눈이
내리기 시작했지요. 화요일에 눈이 그칠 때까지 뉴욕
시를 비롯해 미국 동부 지역에 1미터가 훨씬 넘는 눈이
쌓였어요. 시속 120킬로미터로 부는 바람에 눈이 날려
어마어마한 눈 더미가 쌓였지요. 곳곳에서 사람들이
눈에 갇혔고, 뉴욕 시에서는 무려 만 오천여 명이 고가
기차에 갇혔어요. 이 때문에 안나와 할아버지처럼
소방관들이 사다리로 사람들을 구해 주어야 했지요.
　목요일에 해가 다시 나왔어요. 눈도 녹기 시작했지요.
학교에 간 안나는 받아쓰기 대회에서 일등을 했어요.
그리고 할아버지는 설리번 거리까지 걸어가 다시
스위니 아주머니와 체커를 두었답니다.

　《안나와 할아버지와 눈보라》는 지금부터 약 120년 전인 1888년에 미국 뉴욕에서 있었던 사건을 바탕으로 쓴 이야기예요. 그래서 이야기 속에 지금은 없어진 석탄 난로나 소방 마차, 하늘 높이 세워진 철길 위로 증기를 뿜으며 달리는 고가 기차가 등장하지요.

　눈보라가 거세게 부는 날, 안나와 할아버지는 이 고가 기차를 탔다가 꼼짝없이 기차 안에 갇히고 맙니다. 철길에 눈이 쌓이는 바람에 갑자기 기차가 멈춰 선 거예요. 바깥에는 눈보라가 쌩쌩 몰아치고 기차 안은

점점 추워지는데, 모두들 공중에서 오도 가도 못하게
되었으니 얼마나 겁이 났을까요?

하지만 안나와 할아버지는 기차에 탄 손님들과 함께
힘을 모아 위기를 헤쳐 나갑니다. 허공에 멈춰 선 기차
안에서 낯선 사람들이 다정하게 인사를 나누고, 같이
놀이를 하면서 두려움을 이겨 나가지요. 이 과정에서
안나는 늘 투덜거리기만 하던 할아버지의 새로운
모습을 보게 됩니다. 안나는 평소에 할아버지가 낯선
사람들한테 말을 거는 것이 너무 싫었어요. 그런데 기차
안에 갇혔을 때 할아버지가 사람들한테 스스럼없이
말을 건넨 덕분에, 서로들 다정하게 인사하고 같이
놀면서 침착하게 위기를 넘길 수 있었지요. 도시에서는
할 일이 없다며 투덜대던 할아버지 역시 기차 안에서
만난 이웃들 덕분에 안나가 사는 도시를 좋아하게
됩니다. 기차 안에서 만난 사람들과도 다정한 친구가
되지요.

자, 여러분은 120년 전 뉴욕의 고가 기차 안에서
벌어지는 아슬아슬한 모험의 순간들을 보면서
어땠나요? 이야기 속에서 거센 눈보라가 휘몰아치고 찬
바람이 쌩쌩 불어도 가슴이 따뜻하지 않았나요? 만약
그랬다면, 이 책을 쓴 카를라 스티븐스의 상냥한 마음과
이야기를 끌어가는 솜씨 때문이 아닐까 싶습니다.
사람들 안에 있는 선량함과 다정함을 들여다보고
그것을 담담하게 이야기하는, 남다른 재능의 작가
카를라 스티븐스. 그녀가 쓴 이 짧지만 특별한 이야기는
오랜 시간이 지난 지금까지 우리의 가슴을 따뜻하게
만들어 줍니다.

햇살과나무꾼